ENQUÊTE AVEC LÉA

HEURE NOIRE

ENQUÊTE AVEC LÉA

CHRISTOPHE MIRAUCOURT

RAGEOT

À mes parents.

Cet ouvrage a été imprimé sur un papier
issu de forêts gérées durablement,
de sources contrôlées.

Direction artistique : Françoise Maurel.

Couverture et intérieurs de Kim Consigny.

ISBN 978-2-7002-5224-8
ISSN 1766-3016

Marre de déménager !

– Voici ta nouvelle école, Léa ! annonce papa en souriant. Je suis sûr que tu vas te faire beaucoup d'amis.

Nous étions plantés devant un portail qui donnait sur une cour de récréation où des élèves jouaient ou discutaient à l'ombre de quatre marronniers majestueux.

Bien que le mois d'octobre soit entamé, le soleil brillait comme s'il se croyait dans le Sud et non en région parisienne.

– Des amis, j'en avais déjà, je marmonne, boudeuse.

– S'il te plaît, Léa, cesse de faire la tête, soupire papa. Ce n'est pas ma faute si Flora et moi sommes mutés à Rebais-les-Carrières un mois après la rentrée.

Comme si c'était la mienne ! Papa est capitaine de gendarmerie et Flora, ma belle-mère, est lieutenant. Du coup, pour être mutés ensemble, ils n'ont pas le choix de leur affectation et ils sont obligés de partir à la dernière minute quand deux postes se libèrent au même endroit.

– C'est la troisième fois qu'on déménage en quatre ans ! je proteste.

ÉCOLE ÉLÉMENTAIRE
JACQUES PREVERT

– Je sais, ce n'est pas facile, ma puce, tempère papa. Mais il n'y a pas que des inconvénients à venir ici. Nous allons habiter une maison trois fois plus grande que notre ancien appartement, ta chambre est immense et il y a même un jardin avec une balançoire !

Il n'a pas tort. C'est vrai que nous nous trouvions à l'étroit il y a quelques jours encore et je ne pouvais pas inviter mes copains.

Papa dépose un bisou sur ma joue et me pousse gentiment dans la cour.

– À ce soir !

Intimidée, je m'avance et cherche du regard les rangs des CM2. Un garçon métis, d'une dizaine d'années, se campe devant moi et m'apostrophe :

– C’est toi la fille du gendarme ? Il vient pour s’occuper des cambriolages ?

Sans attendre ma réponse, il se sauve en courant, bousculant au passage deux ou trois filles qui se mettent à crier.

Trop bizarre...

– Tu verras, ce n'est pas grave de débarquer dans une nouvelle école !

Je me retourne pour dévisager celui qui m'a parlé. Un garçon, plus grand que la plupart des élèves, le visage bronzé comme s'il revenait de vacances, me scrute de ses yeux vifs.

Il ajoute :

– Salut. Je m'appelle Brayton.

– Et moi Léa.

– Je voyage en caravane avec mes parents et une partie de ma famille, poursuit-il. Je change d'école jusqu'à cinq fois par an mais nous revenons toujours ici pour la rentrée des classes. Nous vivons sur l'aire des gens du voyage.

– Je ne sais pas comment tu fais, je réponds. Moi je déteste perdre tous mes amis.

– Il y a tellement de gens intéressants à connaître, réplique-t-il, philosophe. Au fait, nous sommes dans la même classe. Notre maître nous a annoncé ton arrivée, hier.

Puis la cloche sonne et nous entrons en classe. C'est une grande salle dans laquelle les tables sont disposées en petits îlots. Un coin bibliothèque a été aménagé et de petits fauteuils attendent leurs lecteurs. Cool !

– Je n'ai qu'une place de libre, s'excuse mon nouveau maître, M. Roland, en me désignant une table juste à côté du garçon qui m'a interpellée dans la cour.

Quand il commence à sortir ses affaires et à les étaler, je comprends pourquoi il n'avait pas de voisin jusqu'à présent. Elles recouvrent sa table, se renversent sur la mienne comme une vague envahissant la plage. Puis, lorsqu'il les range, elles débordent de sa case et finissent par terre au fur et à mesure de la matinée sans que ça paraisse gêner qui que ce soit. J'en conclus que c'est habituel.

Je m'applique pour le premier exercice. Mon voisin – il s'appelle Maxime d'après l'étiquette collée sur son cahier – écrit la date, puis passe les dix minutes suivantes à découper sa gomme avec la paire de ciseaux qu'il m'a empruntée.

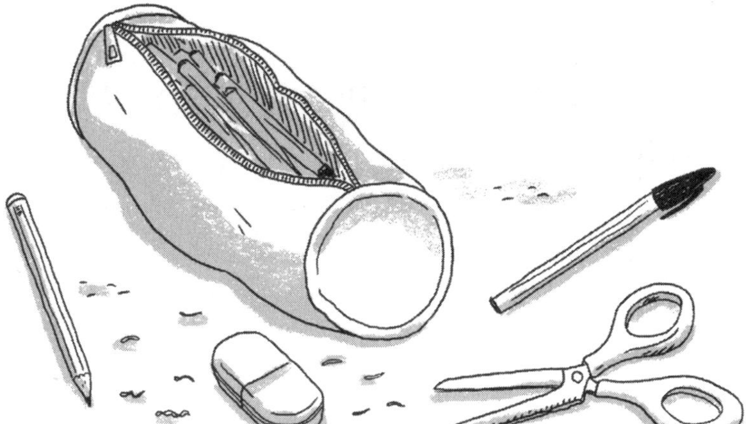

Quand arrive le moment de la correction, il a juste ajouté le numéro de l'exercice, ce qui ne l'empêche pas de lever le doigt pour donner les réponses. Le pire, c'est qu'elles sont toutes correctes...

– Maxime est surdoué, souffle ma voisine derrière moi. Mais il déteste écrire. Comme il connaît les réponses, il prétend que ça ne sert à rien de les noter. Il suffit de les lui demander.

Je n'ai pas le temps de m'étonner, la sonnerie annonçant la récréation retentit.

Les personnages de l'histoire : qui est qui ?

Il est métis, déteste écrire et a parfois des réactions étranges. C'est…

Elle déménage à cause du travail de son père et de sa belle-mère. C'est…

Il se déplace toute l'année et vit dans une caravane. C'est…

Déjà deux cambriolages

Dans la cour, la plupart des élèves jouent aux gendarmes et aux voleurs.

– C'est à cause des deux cambriolages, m'explique Brayton. D'habitude, à Rebais, la vie est plutôt calme.

– Qu'est-ce qui s'est passé ? je demande, curieuse.

– Tu vois la fille là-bas ? interroge-t-il en désignant du doigt une élève de CM1 autour de qui un cercle s'est formé. Elle habite un hameau isolé. Il y a deux nuits, elle s'est réveillée et s'est levée, « mue par une intuition », d'après ce qu'elle raconte.

Brayton m'adresse un clin d'œil.

– Moi je crois qu'elle est juste allée aux toilettes ! sourit-il. Elle a vu de la lumière dans la maison d'en face alors qu'elle est habitée seulement en été.

– Les propriétaires étaient peut-être revenus sans prévenir, je suggère.

– Ce sont ses parents qui s'occupent de relever le courrier en leur absence. Les propriétaires les avertissent toujours avant de rentrer. La fille a réveillé ses parents qui ont appelé la police. Mais c'était trop tard, le voleur était déjà parti… en laissant la lumière allumée.

– Ce n'est pas très malin, je commente. Qu'est-ce qu'il a volé ?

– Une vieille télé et des assiettes décoratives accrochées au mur.

– Il y a eu d'autres cambriolages à Rebais ?

– Cette nuit même, s'enflamme Brayton. Et pas n'importe où. À deux pas de la gendarmerie !

– Encore une résidence secondaire ?

– Non. Chez une vieille dame qui vit seule. Elle n'a rien entendu. C'est en se levant qu'elle s'est rendu compte que sa porte avait été fracturée et que des bijoux avaient disparu.

– Comment tu sais tout ça, si ça date de ce matin ? je demande tout en remarquant que Maxime s'approche de nous.

– Le village entier est déjà au courant ! se moque Brayton.

– Alors, ton père a été nommé pour arrêter le cambrioleur ? me questionne Maxime.

Cette fois-ci, il attend la réponse. Je hausse les épaules.

– Pas du tout. Ce n'est qu'une coïncidence.

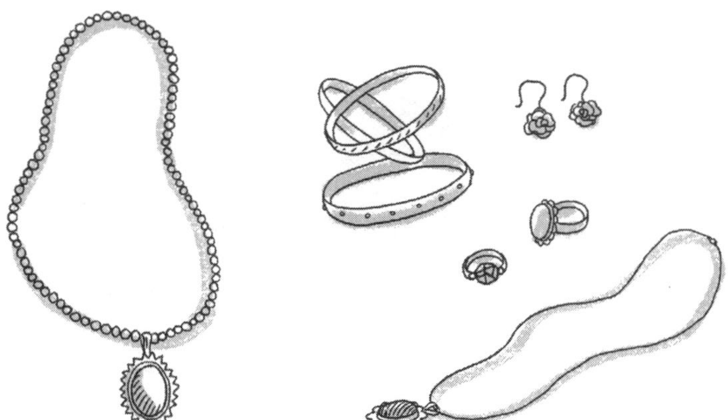

Après la récréation, la matinée se poursuit avec un exercice de maths. À son habitude, Maxime griffonne vaguement la consigne puis tente de construire une balance, constituée de sa règle, d'un stylo et deux ou trois fournitures sorties de sa trousse.

Le reste de la journée se déroule sans incident et je survis à la nourriture de la cantine. Au menu : carottes râpées baignant dans une sauce blanchâtre, poulet basquaise sur « son lit de ratatouille » et en dessert une pomme.

Après l'école, je rentre à pied toute seule. La maison que papa et Flora ont louée se situe à peine à trois cents mètres de l'école. Des pas résonnent derrière moi. Quand je me retourne, je tombe nez à nez avec Maxime.

– Est-ce que tu me suis ? je m'inquiète.

– Voilà que tu mènes une enquête, madame la gendarmette, se moque-t-il. Tel père, telle fille !

– Tu me suis ? je répète.

– Pas la peine, je sais où tu habites, Léa.

– Ah oui ? Comment ?

– On est voisins, je t'ai aperçue ce matin. C'est super, non ?

En fait, ce n'est pas le premier mot qui me vient à l'esprit...

Maxime habite effectivement le pavillon juste à côté du nôtre. Je l'abandonne d'un petit signe de la main.

En attendant le retour de papa et Flora, je fais mes devoirs puis je note quelques anecdotes dans mon « Carnet d'enquête », que j'ai commencé à rédiger l'année dernière. Sur sa couverture, j'ai dessiné une tête de mort vraiment effrayante et ajouté plusieurs avertissements en lettres majuscules, comme CONFIDENTIEL ou INTERDICTION ABSOLUE DE LIRE.

Dans la nuit de samedi à dimanche :
cambriolage d'une résidence secondaire.
Quelques bricoles dérobées.

Dans la nuit de dimanche à lundi :
vol de bijoux chez une vieille dame.

Y aura-t-il un cambriolage cette nuit???
Et chez qui?

L'association

Papa rentre à la maison peu après 20 heures.

– On va manger sans Flora, m'annonce-t-il. Elle interroge un témoin et en a certainement pour longtemps. Comment s'est passée ta journée, ma puce ?

Tout en discutant, il prépare le repas, ce qui consiste à faire bouillir de l'eau pour des pâtes et ouvrir un paquet de jambon.

Une fois à table je lui demande :

– À l'école, on ne parle que des cambriolages. Tu es au courant ?

– J'ai hérité du dossier, répond-il en saupoudrant ses pâtes de gruyère.

– Tu as déjà arrêté le coupable ?

Papa rigole.

– Il faut du temps pour mener une enquête et boucler les criminels, explique-t-il. Quelques langues se sont déliées et on m'a parlé des GDV qui stationnent à l'entrée du village.

Je le fusille du regard.

– On dit gens du voyage, pas GDV, je rétorque, prête à mordre. Et prétendre qu'ils sont des voleurs parce qu'ils n'ont pas la même façon de vivre que nous, ça s'appelle un cliché.

GRUYERE

Depuis que papa m'a dit que maman était partie avec un bel Italien, je déteste les clichés. Pourquoi les Italiens seraient plus beaux que lui ?

Papa me dévisage avec tendresse.

– Tu n'as que dix ans, Léa, commence-t-il.

– Je suis assez grande pour comprendre ces choses-là ! je l'interromps. Dans mon ancienne école, la maîtresse nous a expliqué que les clichés, c'est parfois plus dangereux qu'une arme. On résume des milliers de personnes en faisant croire qu'une seule est le portrait de toutes les autres.

J'énumère sur mes doigts :

– Les gens du voyage sont des voleurs de poules, les Corses préfèrent la sieste au travail, les Belges mangent des frites, les chauffeurs de taxi sont malpolis, les filles jouent à la poupée et les garçons au foot !

Papa toussote.

– Tu as raison, Léa, les clichés peuvent transformer des innocents en coupables faciles. Je te promets de m'en souvenir. J'ai l'intention d'interroger ces personnes. Pas de les arrêter.

Rassurée, je lui demande :

– Est-ce que je peux utiliser Skype ?

Papa jette un coup d'œil à sa montre.

– Une demi-heure, pas plus, m'accorde-t-il. Après, au lit.

Une fois la table débarrassée, j'allume l'ordinateur du salon et me connecte pour discuter avec ma meilleure amie, Alicia, que j'ai laissée à cinq cents kilomètres d'ici.

Flora rentre au moment où j'éteins. Elle m'emboîte le pas jusqu'à ma chambre où nous discutons quelques minutes. Puis elle me fait un bisou avant de redescendre dîner. Flora, ce n'est pas ma maman mais elle est gentille.

Le lendemain, à l'école, tout le monde parle d'un nouveau cambriolage. L'inquiétude gagne les maîtres et les maîtresses. La mine soucieuse, ils interrogent Emma, une élève de CM1. La veille au soir, elle accompagnait ses parents à un spectacle donné dans la ville voisine. À leur retour, ils ont découvert que leur maison avait été visitée et du matériel informatique dérobé.

– Qu'est-ce qu'il fait, ton père ? me lance Maxime, en équilibre sur un muret. La sieste ?

Puis il saute de son perchoir et se sauve en hennissant comme un cheval. Ce qu'il m'agace !

– Ne t'occupe pas de lui, conseille Brayton. Il est toujours comme ça.

En classe, M. Roland diffuse au tableau numérique un Power point sur le squelette humain.

Maxime en profite pour imiter un zombi. Succès garanti ! Puis il faut répondre à un questionnaire. C'est nettement moins drôle.

À la récréation, alors que nous jouons à chat glacé, une voiture de gendarmerie passe devant l'école, le gyrophare allumé. Il me semble reconnaître papa au volant.

Tout bascule en début d'après-midi. Brayton, qui ne mange pas à la cantine, revient à l'école, l'air stupéfait.

Il s'isole dans un coin de la cour. Il est aussi blanc que s'il avait plongé son visage dans de la farine. Je m'approche de lui.

– C'est la police, explique-t-il, la gorge serrée. Des enquêteurs ont découvert des bijoux du second cambriolage dans la voiture d'oncle Marlon. Ils l'ont emmené.

Il ajoute, catastrophé :

– Je sais ce que beaucoup de gens pensent de nous mais on n'est pas des voleurs !

– Je te crois, je le rassure. Quelqu'un a pu les déposer là pour le faire accuser. À nous de trouver cette personne.

Mon raisonnement semble remonter le moral de Brayton.

– Qu'est-ce que tu proposes ? questionne-t-il, ragaillardi.

– Si tu es d'accord, on va parler à ta tante après l'école.

– Pourquoi tu ferais ça ? demande-t-il.

Je pourrais lui répondre : « Je n'aime pas les clichés ». Mais je dis :

– On est amis, non ?

Il approuve d'un hochement de tête.

L'après-midi défile à la vitesse d'une tortue paresseuse. À la fin des cours, je m'apprête à emboîter le pas à Brayton quand Maxime se plante devant nous.

– Je vous accompagne, affirme-t-il.

– Où ça ? je réplique en tentant de cacher mon agacement.

– Interroger la tante de Brayton.

Devant notre air surpris, il énumère :

– Voiture de gendarmerie, cambriolages, conspiration entre toi et Brayton, sourire reconnaissant, suite facile à déduire.

On n'a pas de raisons de refuser son aide. À priori, il y a plus d'idées dans trois cerveaux que dans deux. C'est ainsi qu'on se retrouve à mener notre enquête ensemble.

Papa affirme qu'un voleur se spécialise
dans une catégorie d'objets de valeur
faciles à revendre.
Celui-ci n'a pas l'air de le savoir !

Une première piste

Il nous faut à peine dix minutes pour rejoindre l'aire d'accueil des gens du voyage, située à la sortie de Rebais. C'est un endroit plat de la taille d'un terrain de tennis, avec un point d'eau et des sanitaires ainsi qu'une borne électrique. Trois caravanes se partagent l'emplacement.

Brayton nous fait entrer dans la caravane de sa tante. Je jette un coup d'œil intrigué autour de moi.

Il y a tout le confort moderne d'une maison : écran plat, micro-ondes, lave-vaisselle, réfrigérateur.

La tante de Brayton a les yeux rouges et son maquillage a coulé. Inutile de demander pourquoi elle a pleuré. Elle ne fait aucun commentaire sur ma présence et celle de Maxime.

– Tu as des nouvelles d'oncle Marlon ? s'inquiète Brayton.

– Aucune depuis qu'il a été emmené à la gendarmerie, se désespère-t-elle en se tordant les mains.

Brayton me jette un bref coup d'œil et nous nous comprenons aussitôt. Il vaut mieux qu'elle ne sache pas que je suis la fille du capitaine.

– Qu'est-ce que les gendarmes ont découvert dans la voiture de votre mari ? je commence.

– Un collier et une bague cachés à l'intérieur de la roue de secours, répond-elle, effondrée. D'après eux, ils appartiennent à madame Larose.

– C'est elle qui a été cambriolée il y a deux jours, m'explique Brayton. Mon oncle va souvent faire des petits travaux d'entretien chez elle.

– Quelqu'un aurait pu cacher les bijoux ? demande Maxime.

– C'est possible, répond-elle. Pourtant, mon mari ferme toujours sa Mercedes à clé.

Après un moment de silence, elle ajoute :

– Remarquez… elle revient de révision. Si le voleur en avait profité pendant qu'elle était au garage ?

Après deux ou trois minutes de discussions, nous l'abandonnons à ses interrogations.

– Tu ne m'avais pas dit que ton oncle connaissait la vieille dame, je lance à Brayton.

– Ça change quelque chose ? réplique-t-il sur la défensive.

– Non, rien, je le rassure.

Enfin, je crois.

– Il n'est que 17 h 30. Si on allait chez le garagiste ? propose Maxime.

– Bonne idée ! je m'exclame. Surtout que c'est notre seule piste.

Brayton dépose son cartable dans sa caravane puis nous partons. Le garage est en centre-ville. L'endroit sent l'huile et le cambouis. Une Renault Mégane est sur le pont, un autre véhicule attend sagement son tour.

– Y a quelqu'un ? braille Maxime.

– C'est pour quoi ? répond un homme qui sort brutalement de son atelier.

Il s'essuie les mains sur un chiffon graisseux. Son visage s'éclaire quand il reconnaît Brayton.

– Ah, c'est toi petit !

Il soupire.

– J'ai appris pour ton oncle. Quelle histoire !

– Il n'a rien fait ! lance Brayton.

– J'en suis certain, commente le garagiste. Je sais ce que les gens pensent de nous.

Je jette un regard intrigué à Brayton qui répond dans un souffle :

– Cameron est devenu sédentaire mais il y a quelques années encore, il voyageait comme nous.

– La route me manque parfois, ajoute l'homme, nostalgique.

– La tante de Brayton nous a dit que vous aviez eu leur voiture en révision. Une personne aurait peut-être pu en profiter pour y déposer les bijoux, suggère Maxime.

Le garagiste passe une main noire de cambouis dans ses cheveux.

– Ça m'étonnerait, réfléchit-il. J'aurais remarqué un inconnu.

Je m'approche du comptoir sur lequel sont posés le téléphone et un agenda crasseux. Je tourne les pages à la date de la veille quand l'oncle de Brayton a déposé sa Mercedes. Je mémorise les deux autres noms qui sont notés au même jour : Gobinot et Laurent. Je remarque qu'en face du premier nom figure un modèle de véhicule identique à celui sur le pont.

– C'est une panne sérieuse ? je lance en montrant la voiture.

Cameron me jette un regard curieux. Il n'a pas l'air habitué à rencontrer des filles qui s'intéressent à la mécanique.

– Elle appartient à un représentant de commerce. Le pauvre, il est coincé depuis quatre jours à l'hôtel. Je n'avais pas les pièces pour réparer, alors je les ai commandées. Il vient tous les jours me mettre la pression ! J'ai promis de lui rendre son véhicule demain au plus tard.

Agenda du garagiste

Vendredi

remorquage Renault Mégane M. Gobinot

Samedi

commande des pièces pour Mégane

Dimanche

Lundi

10h entretien Mercedes M. Mannelier

11h vidange Clio M. Laurent

Mardi

réparation Renault Mégane

La peur de notre vie

Nous quittons Cameron après l'avoir remercié.

– Les copains, vous pensez la même chose que moi ? lance Brayton.

– Les cambriolages ont commencé tout de suite après l'arrivée de ce gars, réagit Maxime.

– Il faudrait fouiller sa chambre à l'hôtel, je propose. Mais je ne vois pas comment faire pour y entrer.

– Ça, ce n'est pas très compliqué ! annonce Maxime, le visage radieux. C'est ma cousine qui tient l'hôtel. Je me débrouille pour détourner son attention. Ensuite, à vous de jouer !

L'hôtel des Voyageurs égarés est à deux rues de là. Une femme d'une trentaine d'années nous accueille chaleureusement.

– Maman pense avoir oublié son foulard turquoise, la dernière fois qu'elle est venue te voir, ment Maxime.

– Si vous n'êtes pas trop pressés, je vais aller le chercher, propose la cousine.

– On a tout notre temps, assure Maxime.

PRIVÉ

À peine sa cousine disparue, il se glisse derrière le comptoir, ouvre le registre des réservations et lance :

– Gobinot, chambre 45.

La chance nous sourit. La clé est accrochée au panneau, ce qui signifie que le représentant est sorti. Maxime me tend un passe.

– Dépêchez-vous !

Mon cœur bat à cent à l'heure et Brayton est blanc comme un fantôme. Nous abandonnons nos cartables près du comptoir.

La 45 se trouve à l'étage. Par précaution, je frappe à la porte. Personne. Je respire un grand coup puis je tourne la clé dans la serrure. Brayton et moi nous nous engouffrons dans la chambre.

Le lit est soigneusement fait. Rien dessus, rien dessous. Je tire Brayton par la manche. Sur le bureau, le journal local est ouvert à la page des faits divers où figurent en bonne place les deux premiers cambriolages. Brayton me jette un regard entendu.

J'ouvre l'unique placard. Des chemises sont suspendues aux cintres. Il y a aussi une valise à serrure codée. Impossible de l'ouvrir.

– Les objets volés sont peut-être cachés à l'intérieur, chuchote Brayton.

Je réfléchis à toute vitesse. Le code pin par défaut des téléphones, c'est 0000 et je me souviens que Flora a acheté un cadenas à chiffres pour son casier à la piscine. Et le code par défaut était… 0000. Ça vaut la peine d'essayer, non ? Ma main tremble un peu quand je tourne les chiffres. J'aligne quatre 0 et… un déclic me fait sursauter.

La valise est ouverte !

Brayton et moi plongeons la tête à l'intérieur mais nous sommes déçus. Elle ne contient que des vêtements et il n'y a pas le moindre double-fond.

Je la referme quand soudain, quelqu'un engage une clé dans la serrure. Mon cœur bondit dans ma poitrine.

Un doigt sur sa bouche, Brayton me tire par la main et m'entraîne jusqu'à la salle de bain dont il repousse la porte. Nous sommes coincés là mais je ne peux pas m'empêcher de jeter un œil par l'entrebâillement.

Gobinot semble flotter dans un costume beaucoup trop grand pour lui.

Des lunettes aux verres épais font paraître ses yeux globuleux. Il pose sa veste sur le dossier d'une chaise puis se dirige droit vers nous ! J'étouffe un petit cri. Brayton me serre la main. Dans une seconde, l'homme va nous découvrir ! Soudain on tambourine à la porte de la chambre.

– M'sieur, m'sieur ! On vous réclame à la réception ! C'est au sujet de votre voiture !

Puis un hennissement de cheval retentit, suivi d'une cavalcade.

– Qu'est-ce que c'est que ça, encore ? grogne Gobinot.

Je retiens mon souffle. L'homme fait quelques pas vers la porte de sa chambre. S'il descend à la réception, c'est gagné ! Il hésite encore. Il doit se demander s'il s'agit d'une plaisanterie. Mais la curiosité est la plus forte et j'entends ses pas dans l'escalier.

Après une dizaine de secondes, nous nous faufilons hors de notre cachette. À l'autre bout du couloir, Maxime nous fait signe de le rejoindre.

– Belle imitation du cheval, non ? rigole-t-il.

Comme nous levons les yeux au ciel, il ajoute :

– Quand j'ai vu ce type attraper la clé de la 45, je me suis douté que vous auriez besoin d'un peu d'aide.

– Attention il revient, chuchote Brayton.

Nous nous cachons dans un renfoncement, le temps que Gobinot regagne sa chambre.

– Le pauvre, il ne doit rien comprendre, je chuchote.

Nous descendons tous les trois à la réception. La cousine de Maxime est derrière le comptoir, l'air perplexe.

– Tu ne sais rien au sujet d'un cheval qui galope dans les couloirs ? lance-t-elle. Ni pourquoi un de mes clients affirme qu'un garagiste veut lui parler au téléphone ?

– Aucune idée, réplique Maxime.

– Je n'ai pas non plus mis la main sur le foulard de ta mère.

– Pas grave, je lui dirai !

Nous récupérons nos cartables et filons sans demander notre reste.

Qui est qui ?

À ton avis, quel suspect vient d'être innocenté ?

Papa s'explique

Une fois dans la rue, Maxime nous demande d'un air curieux :

– Alors, c'est lui le cambrioleur ?

– Même pas, soupire Brayton. On a pris tous ces risques pour rien.

– Je ne suis pas d'accord, je réplique. On a éliminé un suspect. Il est trop tard pour rendre visite à l'autre client du garagiste, monsieur

Laurent, mais comme demain c'est mercredi, on pourrait s'en charger l'après-midi.

– Monsieur Laurent ? s'étonne Maxime. Il est antiquaire à Rebais depuis des années. Pourquoi il se transformerait brusquement en cambrioleur ?

– Je ne l'accuse pas. Mais imagine qu'il ait vu quelqu'un s'approcher de la voiture de ton oncle quand il a déposé la sienne. Mon père prétend que dans une enquête, il ne faut négliger aucune piste, aussi mince soit-elle.

On se quitte sur la promesse de rencontrer l'antiquaire. Papa et Flora ne sont pas encore à la maison.

J'apprends rapidement la première strophe de la poésie donnée par M. Roland – j'ai une bonne mémoire – puis je note dans mon carnet d'enquête les événements de la journée. Je couvre plusieurs pages !

Pour une fois, papa et Flora arrivent ensemble, les bras chargés de deux cartons à pizzas. Une odeur alléchante de mozzarella fondue chatouille mes narines.

– À table ! clame papa en découpant une pizza trois fromages.

– Comment s'est passée ta journée ? demande Flora en mordant dans sa part avec appétit.

D'un ton un peu distant, je réponds :

– Ça a été.

Papa, qui me connaît par cœur, fronce les sourcils.

– Tu es contrariée, Léa ?

Je préfère ne pas y aller par quatre chemins.

– Aujourd'hui, tu as arrêté l'oncle d'un de mes camarades. Pourquoi est-ce que tu es allé à l'aire des gens du voyage ?

Papa pousse un grand soupir.

– Je n'ai pas le droit de te parler d'une affaire en cours, ma puce.

Flora lui jette un regard désapprobateur.

– Quoi ? bougonne-t-il.

– C'est ta fille et elle pense que tu n'es pas impartial.

Nouveau soupir.

– Ce matin, explique-t-il à contrecœur, nous avons reçu un coup de fil anonyme d'une personne prétendant avoir aperçu, la nuit du vol, un homme sortir de chez la vieille dame. Il était quasiment sûr qu'il faisait partie des gens du voyage.

– Ben voyons, je proteste. Et qui dit que ce type anonyme n'est pas le voleur ?

– Peut-être bien, rétorque papa. Mais à ce stade de l'enquête, je ne peux pas ignorer un tel témoignage, d'autant qu'on a récupéré des bijoux volés dans la voiture de l'accusé.

Je sens les larmes qui me montent aux yeux.

– Vous allez vous contenter de cette preuve pour l'accuser ?

– On n'écarte aucune piste, Léa, intervient gentiment Flora. À l'heure actuelle, on tente d'établir si l'oncle de ton camarade dispose d'un alibi pour les soirs des trois vols.

Je suis trop nulle ! Je n'ai même pas pensé à poser ce genre de question à la tante de Brayton. Le cœur plus léger, j'engloutis ma part de pizza. Je file au lit après m'être brossé les dents. Demain, nous rendrons visite à ce M. Laurent. Je m'endors sur cette idée.

La matinée de classe passe relativement vite. Brayton, Maxime et moi avons convenu de nous retrouver sur la place de Rebais en début d'après-midi. Flora a organisé son emploi du temps pour rentrer déjeuner avec moi. La table est déjà mise et Flora, qui sait comment me faire plaisir, a préparé un cordon bleu et des frites. Du coup, j'ai un peu honte de lui mentir.

– Est-ce que je peux aller à la bibliothèque après manger ? je demande. Je dois préparer un exposé avec Maxime. C'est le fils de nos voisins et on est dans la même classe.

– Oui, bien sûr, répond Flora, visiblement heureuse que je m'intègre aussi facilement.

Elle ajoute :

– Ce soir, ton père et moi nous rentrerons tard. Ne nous attends pas pour dîner.

Comme convenu, je fais le trajet avec Maxime et nous retrouvons Brayton vers 14 heures.

– Nous voici, monsieur l'antiquaire, je murmure.

Quand M. Laurent, l'antiquaire,
a déposé sa voiture au garage,
il a peut-être vu la personne qui a caché
les bijoux dans la Mercedes de l'oncle
de Brayton.
Lui poser la question.

Cambriolages suspects

L'antiquaire tient une petite boutique dans le centre de Rebais. Un carillon retentit quand Maxime pousse la porte. Le magasin est encombré de meubles, tableaux, lampes semblant sortir tout droit du XIXe siècle. Un homme d'une soixantaine d'années aux cheveux grisonnants surgit de l'arrière-boutique.

Son visage s'éclaire quand il reconnaît Maxime.

– Je viens de recevoir des comics qui t'intéresseront sûrement, annonce-t-il. Et je te remercie d'amener de nouveaux clients.

Il nous sourit puis nous entraîne jusqu'à un bac où Superman, Spiderman, Flash et des dizaines d'autres super-héros attendent leurs lecteurs. Pendant que nous feuilletons les revues, M. Laurent continue de discuter avec nous. Il est très bavard !

– Vous n'avez pas peur d'être cambriolé ? je lui demande. Tous les objets qui sont ici ont sûrement de la valeur.

L'antiquaire hausse les épaules, fataliste.

– J'ai une bonne assurance. Mais je crois qu'on accorde trop d'importance aux vols de ces derniers jours.

– De toute façon, ils ont arrêté quelqu'un, dit Brayton dont la voix tremble légèrement.

– Si vous voulez mon avis, les gendarmes se trompent, déclare M. Laurent. Il y a de l'incompréhension entre les habitants et les gens du voyage, mais ça ne fait pas pour autant de ces derniers des voleurs.

Brayton lui adresse un large sourire.

– Les enquêteurs ont quand même retrouvé des bijoux dans la voiture de l'un d'eux, tempère Maxime.

– D'ailleurs, tous les trois, nous pensons que le voleur a profité de la révision au garage pour les y déposer, j'enchaîne. Comme vous avez laissé la vôtre le même jour, on s'est dit que vous aviez peut-être vu quelqu'un ou repéré quelque chose de bizarre.

L'antiquaire me dévisage, visiblement surpris.

– Vous en savez des choses ! s'étonne-t-il. Malheureusement, je n'ai croisé personne.

Nous discutons encore un moment puis nous quittons sa boutique.

– On n'a rien appris, regrette Brayton. L'antiquaire était notre dernière piste.

Je jette un coup d'œil à Maxime qui reste étrangement silencieux. Il est perdu dans ses pensées.

– Qu'est-ce qu'il y a ? je lui demande.

– Je voudrais vérifier une idée, pour cela j'ai besoin de me connecter à Internet.

– À la bibliothèque ? je suggère. Il est à peine 15 heures.

– Excellent, Léa !

Ainsi, je n'aurai pas tout à fait menti à Flora.

La bibliothécaire met un ordinateur à notre disposition.

Au passage, Maxime attrape quelques exemplaires de *La Gazette,* le journal local.

– Dites-moi les noms des personnes qui ont été cambriolées, ordonne-t-il.

Maxime tape ses recherches puis il affiche une page Google avec une petite flèche qui signale leurs adresses.

– Vous ne remarquez rien ? questionne-t-il.

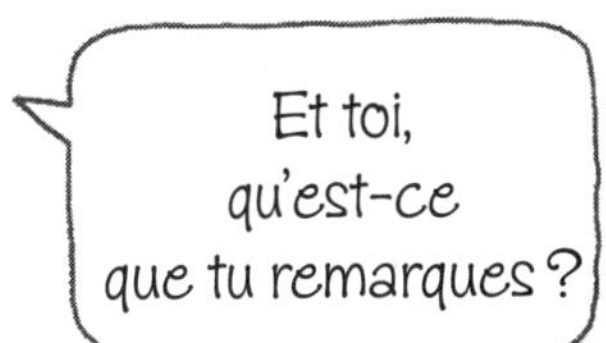

– N… non.

– Le voleur n'a pris aucun risque au cours des deux premiers vols. D'abord une résidence secondaire inhabitée. Puis la maison d'Emma, à la fois isolée et inoccupée au moment du cambriolage. Pourquoi voler cette vieille dame, alors qu'elle était chez elle et que sa maison est tout près du commissariat ?

Je commence à comprendre son raisonnement.

– Le seul vol qui compte, c'est celui de la vieille dame. Le cambrioleur est venu voler un objet précis chez elle.

– Et les deux autres sont là pour détourner les soupçons, conclut Brayton, effaré. C'est juste une diversion.

Contents que notre enquête avance, on checke.

Puis je résume la pensée de tout le monde :

– Il faut vite interroger cette vieille dame !

Mamie Gâteau

Je me fais discrète quand on passe devant la gendarmerie. Il ne manquerait plus que papa m'aperçoive !

La vieille dame s'appelle Mme Larose mais dès qu'elle apparaît, je la surnomme Mamie Gâteau. Elle ressemble aux grands-mères des livres de contes, cheveux gris frisottants, petites lunettes qui laissent deviner un regard espiègle, peau ridée, chemisier fleuri…

Elle inspire immédiatement la confiance.

– Mon petit Brayton ! clame-t-elle en ouvrant la porte. Que je suis heureuse de te voir.

– Mon tout petit Brayton ! se moque Maxime dans son dos.

– Évite de faire le cheval, d'accord ? je lui glisse.

Mamie Gâteau nous fait entrer dans son salon sans même nous demander ce que nous voulons. En moins de temps qu'il ne faut pour le dire, nous nous retrouvons tous assis devant un verre de jus de fruit et des plats sur lesquels trônent une tarte aux pommes, un cake et un fondant au chocolat. Elle mérite bien le surnom dont je l'ai affublée !

POMME

Mamie Gâteau s'adresse à Brayton :

– Je suis tellement triste pour ton oncle. C'est inimaginable qu'il soit coupable. D'ailleurs, je l'ai dit aux gendarmes.

– Nous aussi on en est sûrs, affirme Brayton.

Devant la certitude de cette dame, j'ai honte d'avoir soupçonné, ne serait-ce qu'une seconde, l'oncle de mon copain.

– Les préjugés ont la vie dure, regrette-t-elle. Mais si j'ai appris une seule chose durant mon existence, c'est qu'il ne faut pas se contenter des apparences. Sais-tu que ton oncle m'a sauvé la vie ?

Brayton secoue la tête de droite à gauche.

– Il y a deux ans, j'ai fait une crise cardiaque. S'il n'avait pas eu la présence d'esprit d'alerter les secours, je ne serais pas en train de vous parler.

– Qu'est-ce qu'on vous a volé ? demande Maxime qui ne perd pas le nord.

– Des bijoux qui venaient de ma mère, un peu d'argenterie. J'ai remis des photos aux gendarmes.

– Vous en aviez ? je m'étonne.

– Les assurances vous remboursent plus facilement si vous avez des factures, une description précise des objets ou, mieux quand la mémoire vous fait défaut, des photos.

– L'un des objets a plus de valeur que les autres ? interroge Maxime. Un objet dont vous auriez parlé à quelqu'un ?

Mamie Gâteau réfléchit un instant.

– Non, vraiment, je ne crois pas.

– La nuit du cambriolage, vous avez vu ou entendu quelque chose ? questionne Brayton.

– Mon pauvre ! J'ai le sommeil si fragile que le médecin m'a prescrit des somnifères. Une pilule rose et je dors comme un bébé.

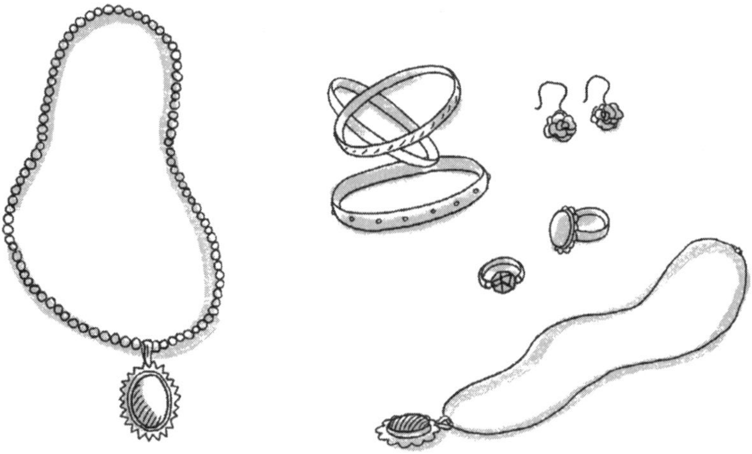

Nous finissons nos verres, nos parts de gâteaux et prenons congé.

– Retour à la case départ, pas de nouveau coupable à l'horizon, souligne Brayton.

Découragés, nous traînons des pieds dans la rue.

– Ce serait bien de jeter un coup d'œil à ces photos, je suggère.

– Pourquoi ? demande Maxime.

– Si jamais on tombait sur le butin du voleur, on ne le saurait même pas.

– Je doute que Mamie Gâteau les ait en double, dit Brayton.

– J'avais une autre idée en tête ! je lance, le regard malicieux.

Les yeux de Brayton et Maxime pétillent. Ils ont compris où je veux en venir.

Nos pas nous ont conduits jusque devant la gendarmerie. Il est un peu plus de 16 heures.

Mamie Gâteau prend des somnifères pour dormir.

Le cambrioleur était probablement au courant.

À ton avis, quelle est l'idée de Léa ?

? Mamie Gâteau connaît sans doute son cambrioleur.

? Le cambrioleur est déjà venu chez Mamie Gâteau.

? Mamie Gâteau a peut-être rencontré son cambrioleur à la pharmacie lorsqu'elle achetait ses somnifères.

Enfin une piste ?

Brayton et Maxime s'assoient sur un banc tandis que je pénètre dans le bâtiment. Je ne sais pas encore comment persuader papa de me montrer les photos. Le gendarme qui m'accueille a l'air de s'ennuyer ferme. Son visage s'éclaire quand il me voit.

– C'est pour quoi ?

– Je suis la fille du nouveau capitaine.

– Content de te connaître, assure-t-il. Tu viens voir ton père ?

J'acquiesce d'un hochement de tête.

– Tu prends l'escalier juste en face de toi. Ensuite, c'est la première porte sur ta droite. Par contre, je ne suis pas sûr qu'il soit dans son bureau.

Je le remercie et grimpe les marches, le cœur battant. Je dois être rouge comme un poivron en frappant à sa porte. Personne ne répond mais j'entre quand même.

Sur le bureau, je repère presque tout de suite un dossier sur lequel je reconnais l'écriture de papa. Il a noté, au feutre rouge : « cambriolages ».

Je ne suis pas très fière de moi en le feuilletant. Je tombe bientôt sur les photos de Mamie Gâteau.

CAMBRIOLAGES

Il y a 1 collier, 2 bracelets, 1 bague, 1 pendentif, une paire de boucles d'oreilles, quelques couverts en argent mais ce qui retient mon attention, c'est la photo d'un petit tableau représentant des nénuphars noirs. Pourquoi ne nous a-t-elle pas parlé de sa disparition ?

Je ferme vite le dossier et ressors. Le planton, occupé au téléphone, m'adresse un léger signe.

Je fais mon rapport à Brayton et Maxime. Tous deux sont d'accord avec moi. À aucun moment Mamie Gâteau n'a évoqué le vol de cette peinture. Pourquoi ?

– On y retourne ? propose Maxime.

C'est à peine si elle paraît étonnée de nous revoir. Je lui explique que j'ai vu la photo du tableau.

– Cette vieille croûte ? s'amuse-t-elle. Je n'y pensais même plus. Croyez-moi, le voleur m'a rendu service en la dérobant !

– Vous êtes sûre qu'elle est sans valeur ?

– Je l'ai fait expertiser, il y a trois semaines environ. C'est une toile qui vaut moins que le cadre qui l'entoure.

Je pose une dernière question, mais je suis presque sûre de connaître la réponse :

– Qui est-ce qui s'en est chargé ?

– Monsieur Laurent, bien sûr !

Brayton, Maxime et moi nous nous réfugions dans le square où nous tenons un conseil de guerre. Je prends la parole en premier.

– Interrompez-moi si je me trompe. L'antiquaire, monsieur Laurent, a déposé sa voiture au garage le même jour que l'oncle de Brayton. Il avait l'opportunité de cacher les bijoux dans son véhicule pour le faire accuser le moment venu. L'hypothèse de Maxime était que seul le vol chez Mamie Gâteau avait de l'importance.

– Quand la vieille dame lui montre le tableau, intervient Maxime, il reconnaît une peinture de grande valeur…

– Mais il prétend le contraire, achève Brayton. Il patiente quelques semaines puis il commet une série de cambriolages pour que les enquêteurs ne se doutent pas que seule la toile l'intéresse.

– On doit prévenir ton père, affirme Maxime.

– Sur quelles preuves ? Nos suppositions ? Et lui avouer qu'on a enquêté dans son dos ?

Le visage grave, j'ajoute :

– Je ne vois qu'un moyen.

– Lequel ? demande Brayton.

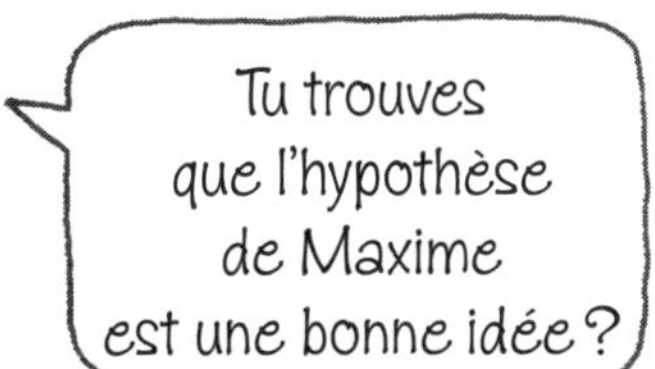

– Aller fouiller la boutique de l'antiquaire et découvrir le tableau volé.

– Tu es folle ! réplique-t-il. Rien ne dit qu'il le garde là-bas. Pourquoi pas sa maison ?

– Il faut bien débuter quelque part, je martèle.

– Comment veux-tu entrer dans son magasin ?

– Ça, les copains, j'en fais mon affaire ! lance Maxime d'un ton énigmatique.

Comme il refuse d'en dire plus, nous mettons au point un plan d'action. Puis nous rentrons chez nous.

Suspect : Monsieur Laurent

Mobile : vol d'un tableau de grande valeur

Ce qui l'accuse : il connaît la vieille dame
Il prétend que la toile est sans valeur
Il a déposé sa voiture au garage le même jour que l'oncle de Brayton

Preuve : on n'en a pas encore.
Il faut absolument récupérer le tableau volé !

Dans la nuit

Une fois à la maison, l'excitation me coupe l'appétit. Nous nous sommes donné rendez-vous à 20 h 30. La nuit sera tombée et tous les magasins fermés. Autant dire que les rues seront désertes...

Papa me passe un coup de fil pour me confirmer que lui et Flora ne rentreront pas avant 22 h 30. Brayton nous rejoindra sur la place du Marché et Maxime a prévu de s'éclipser discrètement pendant que ses parents regarderont la télé.

J'en profite pour écrire tous ces événements dans mon carnet d'enquête. Je me demande ce qui se passera si nous mettons la main sur le tableau. J'essaie de ne pas penser aux conséquences si nous nous faisions prendre...

Un peu avant l'heure, j'enfile des vêtements aussi sombres qu'une nuit sans lune. Quand je sors, Maxime est déjà là, vêtu de noir lui aussi. Il n'a pas l'air d'être en forme. Nous marchons en silence jusqu'à la place du marché. Brayton débouche d'une porte cochère où il se tenait en attendant notre arrivée. Il porte un petit sac à dos.

Nous n'échangeons pas une seule parole. Maxime qui nous précède nous fait signe de le suivre. Je suis curieuse de savoir comment nous allons pénétrer dans le magasin. Il se dirige droit vers la porte d'entrée et… extirpe une clé plate qu'il introduit dans la serrure. Dix secondes plus tard, nous sommes à l'intérieur. Dans le silence, le carillon résonne lugubrement.

– D'où vient cette clé ? chuchote Brayton.

– Je l'ai demandée à Océane. Sa mère fait des ménages et elle s'occupe de plusieurs boutiques comme celle-ci. Elle commence tôt, alors elle possède un double.

– Océane a accepté de te le prêter sans faire d'histoires ? je m'étonne.

– Elle craque pour lui, rigole Brayton.

– On discute ou on recherche un tableau volé ? grogne Maxime.

Il a raison, mais je me rends compte que j'ai oublié un détail très important : la boutique est plongée dans l'obscurité ! Heureusement, Brayton a tout prévu. Il extirpe trois lampes de poche de son sac à dos.

– Je me suis dit que vous en auriez peut-être besoin.

Le faisceau de ma lampe troue l'obscurité. Je sursaute. Un renard, les crocs menaçants, est prêt à se jeter sur moi. Je manque de hurler avant de me rendre compte que l'animal est empaillé. Je balaie le reste de la pièce avec méfiance. Je m'attarde sur un cimeterre à la lame menaçante puis un masque africain qui semble me suivre du regard.

J'essaie d'oublier ces objets effrayants et, pendant la demi-heure qui suit, nous fouillons tous les trois chaque recoin du magasin. Sans succès.

Brayton et Maxime ne sont pas loin de se décourager.

– Passons à l'arrière-boutique, je propose.

La pièce est plus petite. Elle se compose d'un placard, d'une grande table et d'un établi. Il y a là des dizaines d'articles qui attendent d'être restaurés avant leur mise en vente.

Dans un coin, plusieurs tableaux sont stockés contre le mur. Par acquit de conscience, je les vérifie un à un. Et puis mon cœur s'emballe. Entre deux toiles, je reconnais les nénuphars noirs de la photo.

– Le voilà !

Je brandis le tableau quand brusquement, la lumière inonde la pièce. M. Laurent se tient devant nous, le regard dur.

– J'aurais tellement voulu que vous vous mêliez de vos affaires ! déclare-t-il d'une voix qui me fait froid dans le dos.

– Co… comment avez-vous su que nous étions là ? bredouille Maxime.

– J'ai des détecteurs de mouvement qui déclenchent une alarme silencieuse si on ne tape pas le code d'entrée.

– Vous avez fait accuser mon oncle ! crache Brayton.

– Je n'en suis pas fier. J'ai agi sans réfléchir, se défend l'homme.

– Suffisamment pour le dénoncer d'un coup de fil anonyme et cacher les bijoux dans sa voiture, assène Maxime.

L'antiquaire baisse la tête.

– C'est bien à cause de ce tableau que vous avez commis tous ces vols ? je demande en désignant la toile des nénuphars.

Une expression euphorique envahit son visage.

– Un authentique Monet ! Quand je l'ai vu, j'en suis tombé amoureux !

Brusquement, des flashs de lumière bleutée illuminent la boutique. Gyrophares allumés, des voitures de gendarmerie viennent de s'immobiliser dans des crissements de pneus et la porte du magasin s'ouvre à la volée.

– Ne bougez pas ! ordonne une voix autoritaire que j'identifie instantanément.

Papa, Flora et trois autres gendarmes surgissent. Ils menottent l'antiquaire qui se laisse faire sans broncher, tandis que Flora me serre dans ses bras.

La Gazette

M. Laurent, un antiquaire bien connu des habitants de Rebais-les-Carrières, a été interpellé hier soir par la police, au terme d'une enquête délicate. Ce commerçant n'a pas hésité à commettre plusieurs cambriolages pour dissimuler ses véritables intentions : voler l'authentique Monet de Mme Larose qui n'en connaissait pas la valeur.

Félicitations à notre nouveau capitaine et son équipe pour cette arrestation.

Épilogue

L'arrestation de l'antiquaire a fait beaucoup de bruit et Mamie Gâteau a été interviewée par des dizaines de journalistes venus l'interroger à propos de son Monet.

Elle qui n'en connaissait pas la valeur un jour plus tôt a expliqué que son Monet provenait de son arrière-grand-mère, très amie avec le peintre.

À d'autres, elle a raconté que l'artiste avait offert le tableau en échange d'un bon repas qu'il avait fait chez son ancêtre aubergiste.

De leur côté, papa et Flora ont organisé leurs agendas pour passer davantage de temps avec moi. Je les ai entendus discuter. Ils culpabilisaient. Si je n'avais pas été livrée à moi-même, je n'aurais pas pu aller et venir à ma guise et me mettre en danger.

Papa m'a raconté que ce soir-là, il est rentré plus tôt que prévu de son travail. Quand il s'est rendu compte que je n'étais pas à la maison, il a lu mon carnet d'enquête que j'avais laissé traîner sur mon bureau.

Le temps de rassembler ses hommes et il a débarqué chez l'antiquaire.

Papa ne nous a pas fait apparaître dans son rapport, si bien que personne n'a jamais su le rôle que nous avions joué.

Le dimanche suivant, je profite que le soleil pointe le bout de son nez pour sortir dans le jardin. Maxime aussi joue dehors. Quand il m'aperçoit, il s'approche.

– Quinze jours sans écrans ! se plaint-il, le nez collé contre le grillage qui sépare nos deux propriétés. C'est une punition injuste !

– Et moi, plus d'ordinateur, plus de console, plus de sortie pendant trois semaines, je renchéris. C'est pourtant grâce à nous si le cambrioleur a été arrêté...

– Et qu'une personne accusée injustement a été innocentée ! s'exclame Maxime.

Je soupire, un peu triste. Dès que l'oncle de Brayton a été relâché, les trois caravanes ont quitté Rebais. Nous avons eu à peine le temps de dire au-revoir à Brayton, mais il a assuré qu'il serait de retour à la prochaine rentrée. Quand je vois Maxime qui galope partout en hennissant, j'espère qu'il tiendra sa promesse !

Table des matières

L'auteur

Christophe Miraucourt a toujours aimé lire et écrire. Enfant, déjà, il griffonnait dans un cahier d'écolier les histoires qu'il imaginait. Devenu instit'auteur, il a proposé de nouveaux récits à de gentils éditeurs qui les ont publiés. Comme il aime que ses lecteurs frissonnent, il s'est mis à écrire des énigmes policières pour les enfants et les ados dans la collection de toutes les peurs : Heure noire.

L'illustratrice

Kim Consigny est née en 1991 dans un coin ensoleillé du sud-est de la France. Comme « dessinatrice » était un métier rarement conseillé par les fiches d'orientation, elle étudie l'architecture, d'abord à Marseille puis à Paris.

Parallèlement, elle dessine. Pour des ouvrages jeunesse et de BD et pour son blog, créé en 2010, qu'elle utilise comme un carnet où elle regroupe ses esquisses, ses projets, ses envies. Après avoir obtenu son diplôme d'architecte en 2015, elle décide de se lancer pleinement dans l'aventure du dessin, puisque c'est de loin ce qui lui plaît le plus.

Vous pouvez la retrouver sur :

kimconsigny.blogspot.com

Découvre la série
d'Agnès Laroche :

Mortimer Mort-de-peur

La clinique
du docteur Fou

La forêt
des cauchemars

À paraître en septembre 2016

La maison de l'angoisse
Le cimetière des zombies

HEURE NOIRE 10+

L'hôtel des 4 saisons

Une série de Paul thiès

Agnès Laroche

Roger Judenne

Roselyne Bertin

Éléonore Cannone

Retrouvez la collection

HEURE NOIRE

sur le site **www.rageot.fr**

PAPIER À BASE DE FIBRES CERTIFIÉES

RAGEOT s'engage pour l'environnement en réduisant l'empreinte carbone de ses livres. Celle de cet exemplaire est de :
450 g éq. CO_2
Rendez-vous sur www rageot durable fr

Achevé d'imprimer en France en mai 2016
sur les presses de l'imprimerie
Normandie Roto Impression s.a.s.
Couverture imprimée par Boutaux
Dépôt légal : avril 2016
N° d'édition : 5224 - 02
N° d'impression : 1602227